KB064913

영심이, 널 안아줄게

고민이 많은 세상 모든 영심이에게 하는 말

영심이, 널 안아줄게

2019년 9월 13일 초판 1쇄 발행
2019년 9월 13일 초판 1쇄 인쇄

원작	배금택
글	이지니
인쇄	예인아트

펴낸이	이장우
펴낸곳	꿈공장 플러스
출판등록	제 406-2017-000160호
주소	경기도 파주시 회동길 301 (파주출판도시)
전화	010-4679-2734
팩스	031-624-4527
이메일	ceo@dreambooks.kr
홈페이지	www.dreambooks.kr
인스타그램	@dreambooks.ceo

ISBN | 979-11-89129-36-1

정 가 | 13,000원

영심이, 널 안아줄게

고민이 많은 세상 모든 영심이에게 하는 말

2016년 가을, 처음으로 머리가 아닌 가슴이 시킨 일 즉, 소명을 만났다. '글로 선한 향기 전하기'가 그것이다. 하지만 오롯이 책 읽기와 글쓰기만 하지 않는다. 나는 여전히 회사에서 일하며 퇴근 후 글을 쓴다. 물론 피곤하다. 하지만 그럴 수 없다. 내가 가야만 하는 길이 있기에.

지금껏 나는 꿈을 좇았다. 꿈에 살고 꿈에 죽는, 그게 나였다. 하고 싶은 일이라면 그게 무엇이든, 얼마의 돈이 필요하든 닥치는 대로 시도했다. 하지만 얼마 가지 않아 손을 놓았다. 뚜렷한 목표도 없이 무작정 덤빈 탓이 이유였다.

이제는 소명을 따른다. 꿈과 소명, 이 둘은 얼핏 보기엔 날달걀과 삶은 달걀처럼 비교가 어렵다. 하지만 자세히 들여다보면 다르다. '가고 싶은 길'이 꿈이라면, 내 의지와 다를 수 있는 '가야 하는 길'이 소명이다. 나는 이것을 '거룩한 부담감'이라 말하고 싶다. 단순히 작가가 꿈이라면 무릎을 '탁' 치게 하는 필력을 소유했거나, 대부분 시간을 글쓰기에 고군분투할지 모른다. 하지만 나는 그와 거리가 멀다.

30여 년의 시간을 건너오면서 보고, 느끼고, 깨달은 것을 누군가의 '그에게' 전하기 위해서 글을 쓴다. 지난 내 아픔과 눈물이 그의 가슴에 위로의 꽃잎으로 자라나길 바라는 마음에서다. 지난 내 기쁨과 웃음이 그의 지친 마음 위로 무지개가 피어나길 바라는 마음에서다.

2019년, 이 길 위에 영심이를 다시 만났다. 당시 초등학생일 때는 몰랐는데 서른이 훌쩍 넘어서 보니 할 말이 많다. 영심이라는 추억과 함께 내 이야기를, 우리 이야기를 풀고 싶었다. 그 시절이 아닌, 지금의 내가 말을 건넨다. 그때는 몰랐지만 10대, 20대, 그리고 30대의 반을 건너오면서 빚어진 내 마음을 적었다. 문체가 쉬워 술술 읽힐 테지만 속도를 늦췄으면 한다. 추억의 책장은 자고로 천천히 넘겨야 제맛이니까.

마지막으로 〈영심이, 널 안아줄게〉를 예쁘게 만들어주신 꿈공장플러스 대표님과 세상 밖으로 다시 꺼낼 수 있게 허락하신 원작자 배금택 님께 진심으로 감사의 인사를 드린다.

2019년 6월
여름 바람이 몰고 온 추억을 맡으며
이지니

오영심

보고 싶고, 듣고 싶고, 만나고 싶은 게 많은 소녀. 작은 키에 평범한 외모의 소유자로 내세울 것 하나 없지만, 경태 앞에서는 누구보다 당당하다. 화가 날 땐 세상 어느 도깨비보다 매서운 눈망울로 상대를 제압하는 재주를 지녔다.

영심이 아빠 평범한 대한민국 가장이자 네 아이의 아버지다. 자상하지만 야단이 필요할 땐 매를 아끼지 않는다. 자식의 잘됨은 곧 나의 희망이라 여긴다.

영심이 엄마 평범한 가정주부다. 가끔 남편과 티격태격하지만, 이 역시 서로를 너무 사랑해서다. 네 자녀가 흠 없이 자라주어 고맙고 뿌듯하다.

오순심 영심이의 동생. 사랑스럽고 귀여울 때도 있지만, 언니 영심이에게 하는 말투나 행동이 때로는 주먹을 부른다. 그래도 껌딱지처럼 언니 옆을 지키는 그녀를 미워할 수만은 없다.

왕경태

부모님 말씀도 잘 듣고 학교에서도 성실한 남학생.
하지만 영심이 앞에만 서면 '자존심'이라고는 눈곱만큼도 없는 녀석.
영심이가 죽으라고 하면 죽는시늉까지 할 기세다.

영심이 언니   영심이의 큰 언니. 영심이가 그렇게 좋다고 쫓아다
닌 연예인 '이우상'과 결혼한 장본인이다. 맏딸의 역할을 잘 해내
며, 특히 동생 영심이의 고민을 잘 들어준다.

영심이 오빠   영심이의 큰 오빠, 삼수생. 이번에는 기필코 원하
는 대학에 들어가야만 한다. 여학생의 방석을 깔고 앉으면 시험에
합격한다는 미신을 믿고 실행했다가 아버지께 죽을 만큼 맞는다.

구월숙   영심이의 학급 친구. 영심이를 놀리는 재미로 학교에 오
는 것 같아 '친구'라는 말조차 과분할 때가 한두 번이 아니다. 훗
날 철이 들면 얼마나 후회하려고….

첫 번째 이야기

사랑스러운 너

인생은 무엇이며, 행복은 또 무어랴.

삶에 질문을 던지는 네 모습이
사랑을 애원하는 네 표정이
외로움을 말하는 네 입술이
어쩜 그리도 사랑스럽니.

막을 수 없는 미운 일곱 살이 있다면,
넘을 수 없는 열네 살의 감수성이 있지.
나도 그 시기를 건너왔기에 잘 알아.

밤이 되면 창문을 열고
몇 개 되지 않은 낱알의 별을 세며
너처럼 혼잣말을 내뱉곤 했어.

가방 안엔 교과서가 아닌
커다란 돌덩이를 업고 있는 듯한 기분.
행복은 성적순이 아니라면서
빨간 동그라미 개수로 줄을 세우는 사회.

뭐 하나 뜻대로 되지 않는 현실이
이건, 내가 설 곳은 없다고 여겼어.

깊은 사랑을 원했지만
교복 입고 누군가와 연애하면
큰일이 나는 줄 알았어.
그래서 짝사랑만 했나 봐.

비밀 일기장에 달린 보라색 자물쇠로 꼭꼭 잠가
내 마음을 아무에게도 들키고 싶지 않았던 거야.

그런데, 그거 아니?
자연에 말을 걸고, 고독과 슬픔을 논하며
행복과 인생을 묻는 자체가
이미 건강한 정신을 가졌다는 걸.
텅 빈 가슴이 아니라,
넉넉한 마음을 품고 있다는 걸.

너와 내가 힘없는 말을 늘어뜨릴 때마다
그건 우리가 살아있다고 알리는 증거야.

넌 정말 사랑스럽고 귀한 존재야.
어디 하나 빠지는 데가 없어.
세계 4대 박물관에서도 만날 수 없는
최고의 작품이야, 너는.
이 세상 어디에도 널 대신할 수 있는 건 없어.

혹시 '감사 일기' 들어본 적 있니?
나도 몇 년 전부터 시작했는데 좋더라.
특히 우울한 날, 힘 빠지는 날,
울고 싶은 날, 남과 비교가 되는 날에 쓰면
효과가 더욱 좋더라고!
들어볼래?

유난히 힘이 빠지는 날이지만,
오늘 하루도 지켜줘서 감사해요.
지금의 힘든 시간이 있기에,
다가올 축복의 맛을 더 강하게 느낄 수 있겠죠?
'희망'이라는 글자를 놓지 않게 해줘서 감사해요.
이러한 내 모습에도 늘 곁을 지키는
가족과 친구가 있음에 감사해요.

두 번째 이야기

연예인을 사랑한 나

상대가 같은 반 친구든
TV 화면 속 연예인이든
좋아하는 감정은 같다고 생각해.
꿈속이라도 좋으니 만날 수만 있다면 얼마나 좋을까, 그치?

행여라도 꿈에 나오는 날엔
그 꿈이 안개 속으로 사라질까 재빨리 메모했지.
잠이 덜 깬 채로 어쩜 그렇게 잘 적었는지.
볼 때마다 불가사의할 정도야.

그런 그가 실제로 내게 전화를 걸어온다면?
와... 생각만으로도 심장이 폭발할 것 같은데?
분명 공기를 들이마시고 있는데
숨이 잘 안 쉬어지는 기분이랄까?

수화기 너머로 들려오는 그대의 목소리
작은 숨조차 놓치고 싶지 않을 것 같아.
그런 그가 내게 데이트 신청을 한다면?

나도 너처럼 어느 한 가수를 진심으로 좋아한 적이 있어.
가끔 말도 안 되는 상상을 펼치기도 했지.
유치하지만 잠시 들어볼래?

그와 나는 연인 사이로 둔갑!

그가 노래하는 공연장을 찾아가서
맨 앞자리 중앙에 앉는 거야. 그래, VVIP석!
그리곤 공연장을 가득 메운 소녀팬들을 바라보며
혼자 조용한 미소를 띠는 거지.

공연이 끝나고 대기실로 간 나는
온 힘을 다한 그대에게 꽃다발을 건네.
땀으로 흠뻑 젖은 그가 내 손을 잡으며

"뭘 이런 걸 줘, 너 하나로 충분한데."

아, 잠시만! 지금 책 덮으려고 하는 거야?
유치해서 더는 못 듣겠다고?

봄날의 꽃내음처럼

찾아온 사랑의 감정

난 그 향을 영원히 잊지 않을 거야

에이, 내가 말했잖아. 소싯적 상상이라고.

우리는 누군가를 아주 열렬히 좋아했어.
그가 나라는 존재를 몰라도 괜찮았어.
그저 멀리서나마 볼 수 있다면 좋았지.

아, 어느 날 TV 채널을 돌리다가 그를 봤어.
세월의 흔적을 맞았다고 해도 여전히 멋지더라.
비록 내 눈동자와 심장은 이전보다 얌전해졌지만.
그래도, 내 추억이 되어줘서 얼마나 고마운지 몰라.

좋아한다.
설렌다.
두근거린다.

봄날의 꽃내음처럼
찾아온 사랑의 감정.
난 그 향을 영원히 잊지 않을 거야.

세 번째 이야기

몇 달 후 우상 씨는 언니와 결혼식을 올렸죠.

일이 그렇게 된 것을 가족 중에 나만 몰랐던 거예요.

그러나 어울리는 한 쌍이었죠.

정말로 멋진 커플이란,
우리 언니를 두고 한 말이란 생각은 지금도 변함없어요.

하지만 나의 왕자님은 어디서 뭘 하고 계실까요.

열네 살 한창 싱그러운 영심이가 여기 있는데.

인연, 수많은 별 중 하나

100년에 한 번 나올까 말까 한 커플을 두고
'세기의 커플'이라고 말하지?
국내외 유명 연예인 부부에게
이런 수식어가 붙곤 하잖아.

너무 멀게만 느껴진다고? 그럼 주변은 어때?
부러움의 레이저가 절로 쏟아지는
멋진 커플이 눈에 보여?

다들 짝이 있는데 나만 없는 것 같지?
어린 너도 왕자님을 애타게 찾는데
달걀 한 판이 훨씬 지난 나는 어떻겠어.

주위 친구들이 하나둘 짝을 만나
행복하게 사는 모습을 볼 때마다
텅 빈 내 옆자리를 보며 슬퍼했어.
남들에게는 쉬워만 보이는 사랑이

내게는 수학 문제를 푸는 것보다
더 복잡하고 머리가 아팠거든.

(당시에는) 자존감이 낮은 나인데
이러다가 원치 않은 독신으로
삶의 커튼을 내리는 건 아닌가?
별의별 생각마저 날 괴롭혔어.

주위에서 그러더라.
사랑에도 노력이 필요하다고.
그래서 소개팅도 하고, 모임에도 나갔어.
고맙게도 내게 손을 내민 이가 있었지.
그런데 마음이 닫혀 열릴 생각을 안 했어.

날 좋아해 주는 사람을 나도 좋아해 보려고 했는데
마음이 꿈쩍하지 않으니 소용없더라.
물론 인연이 아니라서 그랬겠지만.

가수 이선희의 '그 중에 그대를 만나'라는 노래가 있는데,
난 여기 가사가 참 마음에 들어.

'별처럼 수많은 사람 그 중에 그대를 만나
꿈을 꾸듯 서롤 알아보고
주는 것만으로 벅찼던 내가 또 사랑을 받고
그 모든 건 기적이었음을.'

2018년 봄, 오랜 기다림 끝에
나의 반쪽을 만났어.
바로 코앞에 두고 한참을 찾았지 뭐야.

별을 볼 기회는 어렵지 않게 찾아와.
하루의 끝자락이 되어 고개를 들면 만날 수 있어.
그리고 그곳에 네 심장에 닿는 별 하나가 있지.

하지만 여기서 중요한 건
상대도 같은 별을 봐야 해.
상대의 심장에도 같은 별이 닿아야 해.

77억 개 중에서 단 하나의 별.
너와 내가 동시에 알아보는 별.
말이 안 되지?

그래서 기적이고 인연인 거야.
우리가 기쁨으로 기대하며
인내해야 하는 이유이기도 하고.

혹시 말이야,
너만의 왕자님 혹은 공주님이
지금 네 곁을 맴돌고 있는 건 아닐까?

코앞까지 찾아온 별을
괜히 보내는 일은 없기로 해.

네 번째 이야기

뭐⋯ 뭐라고? 네가 반장선거에 나간다고?

네, 제가 꼭 되어야 한다고 하는 친구들이 많아서⋯

아니, 저⋯ 영심아, 이 아빠 반장 오영심이 보다 자연인 오영심이 더 좋아요 그런 쓸데없는 데에 신경 쓸 것 없어요

석 달치 용돈을 미리 받아 그걸 투자해 반장이 돼보겠다는데 들어주세요

안 돼요!

그만두세요! 슬퍼요
아빠한테까지 형편없는 딸로
취급당하는 건···
포기하겠어요. 포기하면 되잖아요!!

잘 생각했다.
빨리 포기하는 자가 빨리 일어서는 법이지!

아니, 이이가~ 당신 그러다
영심이가 인생 전부를 포기하면 어쩌려고 그래요!
우리 영심이가 반장을 해서는 안 된다는 법 있어요?

29 페이지요~

네 열정의 무게가 얼마니?

이런 경험 있니?

생각하지도 않은 '어떤 일'이
네 맘속을 마구 두드린 적.

말도 안 된다며 들은 척도 안 했어?
아니면 귀한 손님일지 모르니 문을 열어줬어?

그런데 잘 생각해 봐.
정말로 말도 안 되는 일일까?
내 안에서 조용히 숨죽이고 있다가
때가 됐다고 여겨 나온 건 아닐까?
실패의 쓴맛을 보게 되더라도 말이야.

난 그런 적이 꽤 많았어.
무언가에 내 심장이 좀 더 특별히 반응할 때는
없는 돈을 끌어모으고, 잠을 줄여서라도 했거든.
피아노, 작사, 어린이 중국어 강사, 번역,

관광 통역, 영어, 우쿨렐레 배우기가 그랬어.

'열정'이란 녀석과 인연이 아니라고 여겼는데
나를 꿈틀거리게 하는 녀석을 만나면
게으름의 국가대표인 내가 사라지더라고.

그런데 항상 장애물이 찾아오지.
이건 1 더하기 1이 "2"인 것처럼 너무나 당연해.
눈앞에 시커먼 방어벽이 세워지는 거야.
그게 부모님이든 친구든 회사 상사든
내 환경이든, 부정적인 생각이든 말이야.

물론 다 나쁘다고 할 수 없어.
날 위한 진심 어린 충고도 있겠지.

모든 결정의 결과는 오롯이 내 몫이야.
주위의 반대로 포기해도 내 몫이고,
반대를 무릅쓰고 했다가 실패해도 내 몫이고.
그러니 누구를 원망하거나, 후회하지 마.

그럴수록 더 깊은 동굴로 들어갈 테니까.

그런데 잠깐!
빨리 포기하는 사람이 빨리 일어서는 법이라고
너희 아빠가 말씀하시네.
음, 틀린 말씀은 아니지. 나도 어느 정도는 동의해.

중요한 건 포기하느냐, 밀고 나아가느냐를
답하기보다는, 먼저 이렇게 묻고 싶어.

"네 안에서 떼쓰는 '열정'의 무게가 얼마니?"

고구마 한두 개의 무게로 떼쓰는 거라면
아빠 말씀대로 빨리 포기하는 게 나아.
시작하지 말고 잊는 게 좋을 거야.

수백 상자를 한 트럭에 담은 무게라면?
주위의 반대가 있어도 움직였으면 해.
오히려 이게 시간을 아끼거든.

열정의 무게는 엄청난데 시작하지 않는다면
한 달이 지나고, 몇 년이 지나도
네 마음 안에 고스란히 남아 있을 게 분명해.
그리고는 수시로 신호를 보내지.

'나 아직 살아있어. 언제쯤 꺼내줄 거니?'

시작하지 않고는 못 배길 텐데?
잘 되든, 안 되든 시작을 해서
미련으로 남을 시간을 줄이는 게 나아.

시작한 일에 실패의 커튼이 내려온다 해도
돈 주고는 살 수 없는 '경험'을 얻을 테니까.

선택에 앞서 무게를 재 봐.
네게 떼쓰는 열정의 무게가 얼마인지를...

다섯 번째 이야기

오르지 못할 나무란 없어

'오르지 못할 나무.'

도저히 해낼 수 없는 일이라면
처음부터 욕심을 내지 않는 게 좋다는 뜻이래.
지나친 욕심은 분리수거도 하지 말고
미련 없이 휴지통에 버리란 얘기지.

나무에 오르기를 시도해보지도 않고
안 된다고 하는 건 좀 비겁하지 않아?
아니면 이 말은 어때?

'열 번 찍어 안 넘어갈 나무 없다.'

'아' 다르고 '어' 다르다는 말처럼
어떻게 말하느냐에 느낌이 확 다르지?
나도 이성으로 예를 들을게.

내가 바라는 이상형은 명확해.

같이 있으면 편안한 사람.

가면을 쓰지 않아도

있는 그대로를 아끼는 사람.

아무리 똑똑하고 잘났어도

같이 있을 때 이 마음이 없다면

고백을 받아도 'X'표 팻말을 들었지.

거절당한 한 친구는 포기를 모르더라고.

처음에는 마음에도 없으니

투명인간으로 취급했거든. (미안)

하지만 그는 점점 진심을 담았어.

전자레인지 3분이면 OK 식의

빠른 결과를 얻어내기보다

천천히, 조심스레, 꾸준히 나를 찾더라고.

꽁꽁 얼어붙은 내 맘을 녹이기에 충분했어.

사람의 윗옷을 벗게 할 수 있는 건

매서운 바람이 아니라, 뜨거운 태양이잖아.
물론 처음에는 마음에 안 들 수 있어.
생각하지 않은 상대인 데다가
함께할 때의 모습이 그려지지 않을 수 있지.
그런데 담을 쌓진 않았으면 해.

'이 사람은 진짜 진짜 아니야.'라고 한다면
그래, 더는 말하지 않을게.

하지만 그저
'얘는 내 스타일이 아닌데...'
'난 얘랑 있을 때 설렘이 없는데.'

이런 마음이라면 쌓은 담을 거뒀으면 해.
그 사람이 천천히 다가오고 있다면,
내가 한 발 나아가지 못할지언정
매정하게 막지는 말아줘.

내가 지금 만나는 사람이 있는데
꿈에도 생각하지 않은 사람이야.

둘만의 미래 따위는 애초에 없었어.

그런데 어느 날, 이 사람 내면의 창이 열리더라.
안에서 불어오는 따스한 향기에 정신을 잃었어.
표현이 좀 웃기지만 정말 그랬어.

굳게 닫힌 문을 열고, 마음의 눈을 씻으니
수많은 별 중 하나인 그 사람이 다르게 보이더라.
좀 더 알고 싶더라.

난 가끔 감사 기도를 해.
모르고 그냥 지나칠 뻔했는데
내게 다가와 준 그에게 감사하다고.
보물을 알아보게 하심에 감사하다고.
수많은 별 중 인연이 되어 감사하다고.

네 옆에 있는 그를 몰아세우지는 마.
오르지 못할 나무라는 말은 잔인해.
혹시 아니?
네가 그토록 기다리던 단 하나의 별일지.

여섯 번째 이야기

영심아, 미안해.

이따 그 빵집에서 만나. 오늘은 내가 살게.

고마워, 월숙아.
넌 나 자신을 일깨워준 고마운 친구야.

빵값으로 3개월치 용돈을
다 날리긴 했지만 말이야.

오, 멋있다. 너의 내면에 그런 성숙한 어른스러움이 숨어있다니!

그런 걸 진작 알았으면 나도 널 찍었을 걸 그랬지?

아으···. 구월숙······. 넌 내 마지막 자존심까지 구겨 넣고, 끝까지 배신을···.

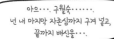

배신자! 아으······.

실패해줘서 고마워

반장선거로 인생의 쓴맛을 봤구나.

'차라리 아빠가 석 달치 용돈을 주지 않았으면...'
이라고 생각하는 건 아닌지 모르겠네.

그래도 난 네가 누구보다 멋져!
아무도 널 반장으로 투표하지 않았지만
도전은 꽃보다 아름다우니까.

'아무리 큰 슬픔이라 해도 추억으로 남으리.'

그래, 반장선거에 출사표를 던진 그 밤
네 입으로 한 말이야.
당장은 어려워도 머지않아 오늘을 추억할 테지.

사람은 누구나 후회를 해.
타임머신이 있다면 다시 돌아가서
저지른 실수를 하지 않을 거라며...

 42 페이지입니다~

그런데 그 상황이 와도 같은 선택을 할지도.

'어떻게 신이 내게 그럴 수 있지?
행복은 못 줄망정 불행을 주느냐고!'

이 생각을 한다면 얼른 접었으면 해.
신은 실수하는 법이 없대.
내 생각으로는 도무지 말이 안 되고
어이없고, 기막히고, 억울해도
결국, 지나고 보면 이유가 있는 거야.

난 세상 밖으로 나올 때부터 순탄치 않았어.
태어난 지 1년이 채 되지도 않았는데
더는 살 수 없다는 사형 선고를 받았거든.

학창 시절은 잘 보냈냐고?
교우 관계는 좋은 날이 더 많았는데
내 발목을 잡은 건 성적이었어.

학업 성적이 좋지 않다며
반 친구들이 모두 보는 앞에서
폭언을 맞으며 수치심을 느껴야 했거든.
남아있는 자존감마저 지하 10층으로 던져졌어.
아무리 거센 비바람도 이보다 매섭진 않을 거야.

스물한 살, 바라던 학교에 합격하고
이제야 내 인생에도 봄이 오나 했는데...
부자로 만들어 준다는 말에 다단계에 빠져
철창 없는 감옥 생활은 물론 수백만 원을 잃었어.
그 일로 소중한 사람이 내 곁을 떠났지.

서른 중반이 될 때까지 내가 겪은 일은
자그마치 서른 가지가 넘어.
이게 내 길일까, 저게 내 길일까.
친구들이 자신의 경력을 쌓고 있을 때도
나는 시작했다가 그만하기를 반복했고.

그밖에 크고 작은 사건과 사고들...

시간이 지나니 내 자산이 됐어.
오감(五感)으로 받아낸 경험은
어떠한 글로도 이해할 수 없으니까.
그건 오롯이 나만의 것이니까.

이미 네 앞에 쏟아진 일이라면,
조금은 성숙하게 맞서기로 하자.
조금은 담담하게 맞서기로 하자.

오히려 시도하지 않았다면
가만히 있던 너를 질책하며
더 큰 후회를 남겼을지도 몰라.

오늘, 넌 참 잘했어!

일곱 번째 이야기

어머, 얘 봐. 그게 맨입에 되니?

저··· 너희 삼촌은 어떤 자극을 받았대?

얘, 월숙아. 장난하지 말고,
난 이번 중간고사 80점을 못 넘기면···.

그래서? 넌 불쌍하게 생각해서
공짜로 가르쳐달라 이거야?

흠, 그렇게는 못 해.
평균점수가 30점이나 올라갈 수 있는 건데 그런 방법이
아니고야 네 주제에 어떻게 80점을 받아보겠니?

선한 자극을 원해

나의 가장 긴 솔로 공백은 5년인데
확실히 연애 세포가 몇 가닥 남지 않더라.

친구들이 자극을 좀 받으라며
맨정신으로는 볼 수 없는 닭살 가득한
사랑 이야기의 영화나 드라마를 보래.
아니면 카페에 있는 연인들을 감상(?)하라나?

물론 집에서 아무것도 안 할 때보다는 낫더라.
눈에 자극을 주니 잠들던 나의 호르몬이
꿈틀대는 것 같기도 하고 그렇더라고.

사랑이 아닌, 다른 것에는 어떨까?
시작하려는 일이나, 앞으로의 계획 앞에
자극을 받으면 잘 될까?

'자극'하면 가장 먼저 내 머릴 두드리는 기억이 있어.
중학교 1학년 때였지, 아마.

누구라고 밝히지는 않을게.
어른 한 분이 내 꿈을 듣고 이렇게 말했어.

(한쪽 입꼬리를 들어 올리며)
"네 주제에 그 일을 하겠다고?"
(말도 안 된다는 듯이 콧방귀를 끼며)
"네가 해내면 누구나 다 하겠지!"

열네 살 사춘기 소녀의 마음을
제대로 후벼 파기에 충분했어.
나는 애써 웃었지만, 이를 세게 악물었어.

'나를 무시했단 말이지? 좋아, 보란 듯이 해낼 거야!'

칭찬은 고래도 춤추게 한다잖아.
입에 침이나 발라야 하는
거짓말처럼 들린다고 해도
긍정의 충격을 데려오면 좋을 텐데...

이런 말을 들은 적이 있어.
사람은 한 번 태어나면 잘 변하지 않지만
그럼에도 변하게 되는 몇 가지 이유가 있대.
그중 하나가 '어떤 일(말)로 충격을 받았을 때'래.

그런데 나는 말이야.
어려운 일을 만날 때마다
나를 다시 일어서게 하는 건
심장에 꽂는 화살이 아닌,
영혼을 적시는 선한 향수야.

'네 주제에'가 아니라

"그 일에 네가 달란트가 있는 듯했는데, 역시!"
"신이 너를 통해 그 일을 이루려나 보다!
넌 반드시 해낼 거야!"

신선한 충격이라도 좋으니
상대에게 선한 자극을 준다면 얼마나 좋을까?

특히 선택과 몰입을 해야 할 때가 되면
어떤 것보다 강한 힘을 발휘할 텐데.

듣기에 머쓱하고 부끄러워도
선한 향기야말로 우리가 원하는 거니까.

여덟 번째 이야기

왠지 별님은 제 기도를 들어주실 것 같네요.

내일이 중간고사 날인 거 아시죠?

그렇게 높은 곳에 계시니 틀림없이 알고 계실 거예요.

알고 있으니 기도를 말해보라고요?

그럴게요.
내일 시험에 오늘 공부한 게 다 나오게 해주세요

그래서 저를 깔보는 월숙이랑 은근히 저를 무시하는
경태의 코를 납작하게 해주고 싶어요.

뿔님에게는 아주 쉬운 일일 거예요, 그렇죠?

영심이 기도 하나쯤 들어주시는 건 쉬운 일이죠? 그렇죠?

기도가 하늘에 닿을 때

내 힘으로 할 수 없을 때
나는 두 손을 더욱 꽉 쥐고 기도해.
부디 도와달라고.
제발 모른 척 넘어가지 말아 달라고.

신의 능력이 우리가 상상하는 그 이상이라면
내 소원 하나쯤 들어주는 건
누워서 떡 먹기보다 쉬울 테니까.

어느 때는 너무나 간절해서
두 손을 모으는 것을 넘어
눈물이 폭포처럼 쏟아지곤 해.

그런데, 정말 신기한 게 뭔 줄 아니?
하루빨리 해결되길 바라는 마음으로 기도하는데
기도하면 할수록 오히려 마음이 편안해지더라.

밤낮 고민하고 걱정해 봤자

내게 득이 되는 것 하나 없잖아.
되려 그게 더 감사하더라고.

어차피 해결할 수 없는 문제라면
하늘에 맡기는 수밖에 없고
하늘에 맡기기로 했다면
편안한 마음을 갖는 게 최선이야.

기도는 절대 땅에 떨어지지 않는대.
단 한 줄이라도 모두 하늘에 닿는대.
우리의 모든 소원이 이뤄진다는 말이냐고?
아니, 그건 아니야.

내가 원하는 답을 얻기도 하지만
반대의 상황을 맞이할 수도 있어.
하지만 실망할 필요는 없어.

아직 이뤄질 시기가 아니거나
내가 고쳐야 할 무엇(안 좋은 습관 등)이 있다거나

그 일로 내게 안 좋은 결과를 가져올 수 있으니
이뤄지지 않은 거니까.

어린아이가 부엌칼을 갖고 싶다고 해서
당장 사주는 부모는 세상에 없을 거야.
칼을 조심히 다룰 수 있는 나이가 됐을 때
맛있는 요리를 만들어 보라며 선물하는 것처럼.

핵심은 이거야.
어떻게든 우린, 잘 될 수밖에 없어!
그러니 걱정일랑 절벽 아래로 던져!

오늘 밤, 다시 두 손을 모으고 기도해.
대답은 하늘에 맡기며...

아홉 번째 이야기

경태야, 넌 다 알고 있지?

어? 알고 있다니, 뭘?
영심이 네가 네 입으로 I등 했다고 말했잖아.

아니야, 아니야.
다 알고 있으면서 시치미 떼지 마.
모른 척하지 말란 말이야!

연필 굴리기,

제비뽑기,

가위바위보‥‥‥ 흑흑‥‥

그렇지만 영심아.
연필 굴리기로 1등을 할 수는 없는 거야.

모르겠어···. 네 말을 들으면 그런 것도 같고······.
하지만 시험 시간에는 아무것도 보이지 않았어.

그건 말이야. 네가 새벽 별님에게 기도까지 하며
공부를 한 결과가 나타난 거야.

맞아! 누구나 그래! 시험지를 들면
우선 눈앞이 캄캄해지는 거라고

너도 그러니?

별님이 알아준 노력

그럴 때 있지 않니?

내 실력보다 결과가 너무 좋아서
오히려 기분이 먹먹한 적...
마치 고구마 수십 개를 먹은 듯 말이야.

그 찜찜함이 마음의 찔림과 연결된다면
가슴을 펴기 어려울 것 같아.
나 자신을 어르고 달랜다고 해도
맘속 뿌연 먼지를 닦기엔 버거울 테니까.

"넌 충분히 잘했어. 그러니 자책하지 마!
네 노력이 있었기에 별님이 널 도운 거야."

우리가 진짜 듣고 싶은 말,
이거 아니야?

눈앞에 일어난 일에

누군가 그저 잘했다며 내 어깨를 두드리면
차갑게 얼어버린 마음이
햇살 아래에 있는 눈처럼 스르르 녹아내릴 테지.

그런데 잘 생각해 봐.
단지 '운'만으로 좋은 결과가 나올까?

아무 노력 없이 이뤄진 일은
생각보다 많지 않을 거야.
설령 있다고 해도
오래가긴 어려워, 진짜야.

그동안 쌓인 노력이 기회를 만날 때
비로소 '운'을 만들어 낸다고 들었어.

다른 사람 눈에는
한순간에 이뤄진 것 같아도
그 결과를 만들어 내기까지
얼마나 큰 노력을 했는지는

쉽게 알 수 없을 테니까.

그러니 혹시라도
상대에게 좋은 일이 생기면
"운이 좋았구나!"가 아닌,
"그동안 열심히 노력했구나!"라고 해줄래?

신이 주신 멋진 기회가
내게도 올 수 있도록
따뜻한 축복을 건네기로 해.

"그동안 열심히 노력했구나!"

열 번째 이야기

잘 들어라.
'까마귀 있는 곳에 백로야 가지 마라'
라는 옛말이 있는가 하면은,

'까마귀 검다고 백로야 웃지 마라'는 말이 있고,
'구르는 돌에는 이끼가 끼지 않는다'라고 했으며,
'고인 물은 썩는다'라고 했다.

너의 인생은 너의 것이야.

넘어졌을 때 다시 일어나서 그 와중에 뭔가를 깨닫듯이,
교훈을 얻어 네 인생에 양식으로 할 수 있는 거야.

64 페이지~

열심히 하거라.

아무튼, 행복이 성적순은 아니지만, 학생은 열심히 공부해야 하는 거야.

아버지!!····. 흑흑

바보 같은 녀석, 그렇다고 사나이가 울어?!

눈앞의 일에 감사를 담아

잔소리로 들리지만
부모님 말씀이 틀린 건 없지.
어릴 때는 공부하라는 소리가 싫었는데
지나고 보니 '나름의 때'가 있음을 알게 됐어.

학생은 학업에 충실하고, 선생은 제자를 교육하며
부모는 자녀의 본보기가 되어야 하겠지.

환경미화원이 거리를 깨끗하게 치우지 않는다면?
비행기 조종사가 비행을 신중히 하지 않는다면?
식당 요리사가 요리를 맛있게 하지 않는다면?

향긋한 꽃과 우거진 숲과 나무
때론 거센 파도를 부르는 바다
모두 제 역할을 감당하고 있는 것처럼
우리가 맡은 역할을 제대로 해야겠지.

나는 새벽 6시 반에 출근 준비를 해.

저녁 6시에 퇴근하기까지 컴퓨터 화면과 씨름을 하지.
목이 뻐근하고, 엉덩이에 불이 날 때쯤
일어나서 스트레칭을 해.
그리곤 맘속으로 이 말을 뱉어.

'그럼에도 '내 일'이 있음에 감사합니다.'

2016년 가을, 평생 글을 쓰겠다고 다짐했어.
원 없이 글을 쓰고, 책을 읽고 싶던 삶은
하늘 위에 걸친 무지개처럼 손에 잡히지 않더라.

온종일 글만 쓰고 싶었거든.
책에 파묻힌 채로 살고 싶었어.

그래서인지 출퇴근하는 시간이
회사에서 보내는 시간이
미치도록 아깝다고 여겼어.
집에 오면 축 늘어진 파뿌리 처럼
침대에 쓰러지기 일쑤였으니까.

그런데 어느 날
내 몸이 피곤하다는 이유로 게으름을 피우면
더는 내 길을 갈 수 없겠더라.
무서웠어. 두려웠어.

그날 이후로 변하기 시작했지.
상황은 전혀 달라진 게 없는데
처지를 받아들이기로 한 거야.

현재 내 본분의 '일'을 즐거이 하기로.
그리고 출퇴근하는 자투리 시간과
퇴근 후와 주말을 영양가 있게 활용하기로.
선한 이기심을 꺼내어 선택과 몰입을 하기로.

어떤 결과가 나를 만나러 올진 모르지만
훗날 이렇게 말해주고 싶거든.

'난 내 할 일에 최선을 다했어.
그래서 후회 따위는 없단다.'

우리는 모두 소중해.
눈앞의 일에 감사를 담아
최선을 다해 살아내는 거야.

최선을 다하는 것이야말로
공짜로 얻은 '하루'라는 선물을
값지게 사용할 수 있을 테니까.

열한 번째 이야기

애, 진정해. 너도 알고 있겠지만
내 체중의 절반은 다 입무게라는 걸.
그래, 자 뭐든지 다 들어줄 테니까 얘기해 봐 어서.

월숙아··· 이것만은 맹세해줘.
절대로 다른 사람에게 말하지 않겠다고···

······

으하하하하하하!

도저히 참을 수가 없어~~

얘, 월숙아···

아니, 미안해···, 하하···.
다른 건 다 참아도 이것만은···

하하···, 네가 퀴즈 프로그램에?

아이고 하나님 부처님 살려주세요.
하하하하하하하.

차가운 거 말고 따스하게

혹시 상대를 무시한 적 있니?
얼굴 앞에 대고 말하진 않아도
'네가 무슨 그런 일을 해?'라며
마음으로 쏟은 적 있어?

이 주제를 보니 현재의 모습만으로
상대를 무시하거나 판단하면 안 된다는 걸
다시금 깨닫게 되네.

한 사람의 인생이 어떻게 그려질지는
누구도 알 수 없는 거니까.

문뜩 친구 H양이 해준 이야기가 떠올라.
10년 전, 동호회에 갔는데
서로의 관심사가 맞는 이들이 모였으니
분위기가 무척 화기애애했대.

그중 작가를 꿈꾸는 한 사람이 있더래.

그가 책을 준비하고 있다고 하니까
다들 글로 돈을 벌 수 있냐며
안타까워하는 눈길을 보냈다는 거야.
열심히 하라는 격려의 말을 던지며.

물론 월숙이처럼 대놓고 무시하지는 않았겠지.
그저 그의 꿈을 크게 신경 쓰지 않았을 뿐.

아마 그들은 몇 년 후에 그가
베스트셀러의 주인공이 되리라고는
상상조차 하지 못했겠지.

상대방의 지금 모습이
내 생각보다 조금 부족해 보인다고 해서
미래까지 쉽게 판단하는 건 위험해.

땅에 심을 작은 씨앗,
그 씨앗이 시원한 물을 먹고
훗날 어떤 모습으로 자라날지는

아무도 모르는 거잖아.
따스한 햇볕과 비바람을 맞고 나서야
비로소 울창한 나무가 되는 것처럼
실수라 불리는 실패를 했을지라도,
그건 지혜를 담기 위한 그릇이니까.

상대의 작디작은 씨앗을 짓밟기보다
멋진 나무로 자랄 수 있도록
칭찬의 물, 격려의 물, 응원의 물
무엇보다 믿음의 물을 주면 어떨까?

나보다 나이가 어릴수록
나보다 가진 게 적을수록
나보다 지위가 낮을수록

네가 가진 마음의 난로를 가져와
그에게 온기를 전하면 좋겠어.

우리, 그렇게 할 수 있잖아!

열두 번째 이야기

어? 누르면 안 돼, 처제!!

(삐~)

네, 오영심 양,
그 시쯔의 작가는?

모··· 몰라요···

모른다?! 작사 마상···

네, 정답이었습니다!!
오영심 양, 시상대 앞으로 나오세요.

우리 딸이 뛰어난 성적은 아니었죠.
그런데 이번 중간고사에서
1등을 해버렸습니다.

그래서 자신감을 심어주기 위해
제가 싫다는 걸 무리해서 출전시켰습니다.
그런데 이렇게 우승까지 하고 보니 기쁩니다.
우리 딸 만세!

77 페이지요~

아무것도 하지 않으면 아무 일도 일어나지 않아

2017년 가을에 명함을 만들었어.
연락처 위에 이런 글귀를 넣었지.

아무것도 하지 않으면 아무 일도 일어나지 않아

특히 내가 가야 하는 길 위에
기도만 하고 움직이지 않는다면
그 문은 절대로 열리지 않을 거야.

간절히 바라는 '기적' 역시
한 발이라도 움직일 때 만날 수 있어.
그래야 날 위한 사건이 생길 테니까.

그 사건이 그토록 바라던
꿈으로 데려다줄 수도 있고
생각지도 않은 또 다른 기회를
만나게 해줄 수도 있어.

78 페이지입니다~

그래, 실패를 경험케 할 수도 있겠지.
실패가 두려워 못 움직이겠다고?
그냥 방 안에 있겠다고?

하늘을 도화지 삼아
그림을 그려내는 구름을 봐.
살아 숨 쉬는 구름 향기를
온몸으로 느끼고 싶지 않아?

해봤자 안 될 거라고
시간만 버리는 셈이라고 말하기엔
조금은 비겁하다 싶어.

결과를 예측하고 포기하기엔
너 자신을 과소평가하는 거라고.

네 작은 내딛음으로
훗날 많은 사람에게
선한 기운을 전할지도 몰라.

혹시 김미경 강사 알아?
자신이 겪은 이야기에 넘치는 입담으로
우리에게 지혜와 깨달음을 전하기로 유명해.

예전에 그녀가
"오늘부터 내 명함에 강사라고 새기면
강사가 된 것이다."라고 말한 적이 있어.

맞아! 처음부터 잘하는 사람은 없어.
'내 주제에 무슨'이라는 말은 애초에 없는 거야.
한 걸음이라도 좋으니 시도해 봐!

할까 말까 주저하고 고민하는 시간이
오히려 아깝지 않아?
적어도 미련은 남기지 말아야지.

아주 작은 일이라도 좋아.
1g의 그 행동이 1000g의 생각보다

80 페이지입니다~

엄청난 결과를 가져올 거야.

자, 이제 네 차례야.

열세 번째 이야기

아이고, 우리 영심이가
엄마, 아빠에게 아주 큰 선물을 했구나.

내 평생 언제 해외여행을 가나 했더니
우리 영심이 덕에 가는구나.

정말, 고맙다.

그럼, 그럼.

엄마! 저는 이다음에
미국 구경시켜드릴게요

하하하,
이렇게 된 이상 아빠도 그냥 있을 수가 없지.
밤낚시 취소하고 영심이, 순심이를 데리고
'몽블랑 랜드'로 야유회를 가기로 하자.

아빠! 오늘의 주인공은 저니까 이왕이면
'순심이와 영심이'를 데리고···

그게 그거지 뭐~

하여간 몽블랑 랜드에 가면 영심이와 순심이
라고 싶은 놀이기구는 뭐든지 태워줄 것을 약속한다.

치이~ 또 영심이와 순심이래···

내 이름을 부르지 않아도 좋아

내게는 언니가 한 명 있어.
부모님은 늘

"xx 아버지!"
"xx 엄마, 이리 좀 와 봐요."

라며 언니의 이름을 앞에 두셨지.
어린 지니는 은근히 신경이 쓰였어.

'나도 부모님 딸인데
왜 내 이름은 넣지 않는 걸까?'

순심이처럼 나 또한
여러 번 말씀드린 것 같아.
가끔은 내 이름도 넣어달라고.

지금 생각하면 별것 아닌데
어린 나는 서운하고 서글펐나 봐.

서운함의 정점은 언니와 싸울 때였어.
엄마는 늘 나를 더 야단치셨거든.
사실 누가 들어도 내가 잘못했어.
(이제야 인정하는 나)

그래도 그런 거 있잖아.
막내니까 내 편을 들어주시겠지.
언니는 첫째니까 더 야단치겠지, 라는 생각.

그런데 엄마는 둘의 상황을 듣고
공과 사(?)를 철저히 구분하셨어.
누가 들어도 내가 잘못했으면
따끔하게 혼을 내셨거든.
구둣주걱이 그렇게 무서울 줄은
그때 처음 알았지 뭐야.

그러고 보니 엄마는 늘 시크하셨어.
무슨 소리냐고?

초등학교 1학년 때부터
필요한 준비물은 알아서 준비하도록
관심을 두지 않으셨고
숙제도 도움을 요청하지 않는 한
묻지 않으셨어.
이런 엄마가 무심하다 여겼지만
돌아보면 내가 스스로 할 수 있게
자립심을 키워주신 듯해.

엄마의 교육이 성인이 된 지금
얼마나 감사한지 몰라.

여전히 두 분의 호칭 앞에는
언니 이름이 들어가지만 나는 괜찮아.
먼저 태어난 자의 특권(?)이니
편안한 마음으로 받아들여야지.

아, 옛날 이야기하니까
어린 시절의 언니와 내가 그립네.

붙어 있기만 하면 티격태격하던 우리.

이제는 수많은 추억 중
한 장이 되어버린
그때 그 시절.

오늘 밤,
언니에게 전화를 걸어야지.

열네 번째 이야기

경태야, 정말로 수고했어.
난 네가 오지 않았으면 정말 혼났을 거야.

오래간만에 몸 좀 풀었지, 뭐.
그런데 너희 엄마, 아빠는 안 오시니?

따르르릉~

네, 엄마. 왜 안 오세요?

그래, 여기 요금소인데, 집에 별일 없지?
차들이 너무 많아서 말이야.

엄마, 즐거우셨어요?

……

아휴, 즐겁고 뭐고 지금 말할 힘도 없다. 끊어라.

(오늘은 너무너무 힘든 하루였어요. 하루 집 보는 것도 이렇게 어려운데 엄마는 얼마나 고생이 될까요.)

(별님, 앞으로 순심이와도 사이좋게 지내고요, 부모님 말씀도 잘 들을게요. 지켜봐 주세요.)

사랑해요, 아주 많이요

학창시절, 어버이날이 되면
전국에 있는 학생들이 마치 짜기라고 한 듯
이 말을 편지지에 적곤 했어.

'부모님 말씀 잘 듣고, 공부도 열심히 할게요!'

매년 이 단골 멘트를 쓰면서도
부모님은 처음처럼 믿어주셨지.

십수 년이 지난 지금
손편지를 드린 지도 오래됐네.
마음은 효녀 심청이도 부럽지 않지만
말이나 행동이 잘되지 않아서 문제야.

어릴 때 우리 집은 이사를 자주 다녔어.
초등학교만 네 번을 옮겼으니, 짐작돼?

이런 말을 들은 적이 있어.

초등학교 때 학업 성적이 대학 진학을 좌우한다고.
물론 아닌 경우도 있지만, 아주 틀린 말은 아니야.

내가 양갓집 딸(이해하지?)이 된 이유가
이사를 자주 했기 때문이라고 생각하거든.
(그렇게 믿고 싶으니 넘어가 줘)

지하 단칸방에서 시작해
조금씩 생활환경을 바꾸려
잦은 이사를 피할 수 없으셨던 거야.

돌도 안 지난 막내딸의 큰 아픔으로
월급의 거의 전부를 병원비로 보태어
허리띠를 더 조여야 했던 날도 있었지만
그럼에도 좋은 날을 기대하며 나아가셨어.

갖지 못한 것에 욕심내지 않고
절망보다는 희망의 계단에 오른 두 분이
진심으로 존경스러워.

당신은 덜 먹고, 덜 즐겨도
내 자식만큼은 잘해주고 싶은 마음.
하늘보다 높고 바다보다 넓은 은혜를
다음 생이 있다고 해도 갚을 수 없겠지.

좋은 음식, 좋은 옷으로 효도할 수 있지만
그것만이 전부는 아니야.

말 한마디를 해도 기분 상하지 않게
가끔은 유치해도 애교로 다가가고
소소하지만 추억 만들어 드리기.

난 그래서 어느 때부터인가
부모님과 시간을 보낼 때마다 영상을 촬영해.

하모니카 연주하는 아빠
오징어를 손질하는 엄마
눈앞에 있는 바다를 바라보며
즉흥시를 짓는 아빠

프로 가수도 울고 갈 만큼
기막히게 노랠 잘 부르는 엄마

하나라도 놓칠세라 녹음 버튼을 누르지.
찍을 때는 두 분 볼에 분홍 꽃이 피어도
보여드리면 얼마나 즐거워하시는지.

하지만 가장 큰 효도가 뭔지 알아?

너와 내가 미소 짓는 것
너와 내가 아프지 않고
그저 건강히 잘 지내는 것

그게 바로 우리 부모님이야.

열다섯 번째 이야기

캠핑을 하려면, 그 뭐냐···
텐트, 버너, 쿄펜은 물론이고,

담요, 베개, 돗자리, 물통, 칼, 도마,
그 수저까지 있어야 하는데 준비는 돼 있겠지?

아, 없으면 텐트 대신
김치통 덮는 비닐을 갖고 가면 되겠구나.
담요 대신 솜이불하고···

에··· 예? 그런 게 어딨어요
아빠가 사주셔야죠

여보! 물통 대신 양동이는 어때요?

그거 괜찮겠네요!
너, 아빠 상여금보고 그러는 모양인데
생활비 이외에는 한 푼도 쓸 수가 없단다~

넌 이미 나한테 진 빚이 너무 많아.

14년 동안 밥값, 옷값, 우윳값, 방세에다 등록금, 학용품값, 병원비 그리고~

그럼, 조금만 빌려주세요 나중에 이자 쳐서 갚을게요

아암, 그렇고 말고요

다달이 타 가는 용돈에다가 앞으로 시집갈 때까지 보태주면은 아아··· 평생을 갚아도 모자랄 테지요

95 페이지요~

예쁜 꽃송이를 드리고 싶어요

아빠, 엄마
되게 웃기죠...?

함께 지낼 때 듣던 수많은 잔소리가
인생 2막이 시작되면서 두 분 곁을 떠나고 나니
그 소리마저 애틋하네요.

매일 밤 내 방에 들어오는 엄마에게
눈빛도 잘 맞추지 않고
건성건성 답하기 일쑤였죠.
중요한 일을 하던 것도 아닌데...

주말이면 방 틈 사이로 빼꼼히 고갤 내밀며
"딸, 유일하게 함께할 수 있는 시간인데,
같이 밥 먹자!" 하시던 아빠가 그리워요.

대화할 때 목소리가 너무 크다며
볼륨 좀 줄여달라 한 저를 용서하세요.

나이 듦의 자연스러운 일부인데, 제가 너무 심했어요.

건강은 좀 어때요?
굳이 당신의 얼굴을 보지 않아도,
목소리만으로도 몸 상태를 알아요.

딸의 전화를 받기 전,
안 좋은 목소리에 행여 내가 걱정할까 봐
애써 밝은 척하려, 준비하신 것도 알고요.

세상에는요,
아무리 기다려달라고 애원해도
기다려주지 않는 두 가지가 있대요.

시간 그리고 부모님...

그래서인지 더 늦기 전에
부모님의 마음을 이해하고 싶어요.
근데, 관련 책을 수십 권 읽어도 어려울 거래요.

부모라는 자리에 직접 닿을 때
그때가 돼야만 비로소 알게 된대요.

그날이 언제가 될지는 모르지만
하루라도 빨리 이해하고 싶어요.
그래서 더 잘해드리고 싶어요.
머리가 아닌 가슴으로요.

효도에는 크고, 작고가 없다고 하죠.
값비싼 선물은 아직 어려워도
매년 여행은 못 보내드려도
이거 하나는 약속할게요.

새하얀 도화지를 꺼내
예쁜 꽃송이만 그려드리겠다고,
후회가 더 쌓이기 전에
따스한 향기를 전해드리겠다고,

꼭 그럴게요.

치사함은 어쩌면 당연해

치사한 일을 안 겪어본 사람은
아마도 없지 않을까 싶어.

게다가 내 약점을 잘 알고 있는 이에게
느끼는 치사함이라면 더욱 속이 끓을 테고.

정말 인정하고 싶지 않지만
지금의 내 어두운 현실로
어쩔 수 없이 손을 내밀어야 하는...
눈앞에 있는 불은 당장 꺼야 하니까.

인생은 호락호락하지 않다고 했지?
10대에는 10대 나름의 치사함
20대에는 20대 나름의 치사함

한 살 한 살 나이를 먹으면서
깊이 다가오는 치사함이 뭔지 알아?
사람으로 받은 치사함이 아닌,

세월로 인한 그것이야.

일을 그만둔 지 4년이 좀 넘었어.
내가 받은 '소명'의 길을 가겠노라
결의에 찬 다짐과 함께 글을 썼지.

하지만 그것도 잠시
현실이란 벽 앞에 돈이 나를 막더라.
꾸준히 나가는 생활비를 벌려면
일을 안 할 수는 없겠더라고.

그래, 뭐
어떻게 방안에서 글이 나오겠어.
오히려 일터에서 보고 듣고 느끼는 게
글쓰기에는 최고일 테지.

그런데 복병은 예상치 못한 곳에 나왔어.

'30세 이하 지원 가능'

왜 '경력단절'이란 말을 하는지
온 마음에 와닿는 순간이었지.

내 두뇌는 여전히 잘 돌아가는데
내 맘속 열정은 아직도 뜨거운데
숫자가 남들보다 조금 많다 해서
지원할 수 없다는 게 서글프더라.

나이, 참 치사해.
그래도 어쩌겠어.

현실을 담담히 받아들이는 것도
치사함을 멀리 흘려보내는 것도
나이로 얻은 것 중 하나겠지.

마흔이 되고
쉰을 넘으며
예순이 되면....

치사함이 점점 굵어질지라도
이 땅에 태어난 사람이라면
누구나 느끼게 될 감정이니
너와 나, 속상해하진 말자.

길이 막혔다면
길을 만들면 되니까!

열일곱 번째 이야기

넌 어디서 어떻게 살고 있니?

오르지 못할 나무 같은 사람을
좋아한 적이 있어.

누구라 밝힐 수는 없지만
아마 이름 석 자를 들으면
"미쳤네."라고 할 거야.

난 그 사람을 정말 많이 좋아했어.
자라면서 이상형이 바뀐다고 하지?
그는 내 나이 서른이 지나 확립된(?)
완벽한 나의 이상형이었지. (부끄럽네)

심지어 나와 그의 미래를 상상하기도 했어.
세상에 오르지 못할 나무는 없다고 여겼거든.

그래서 어떻게 됐냐고?
액자 속 그림으로 남은 채 끝이 났어...

반대로 누군가 나를
아주 많이 좋아한다면?
그런데 정작 나 자신은
눌어붙은 껌딱지라 여긴다면?

문뜩 여섯 살의 그 녀석이 떠오르네.
세상에, 벌써 30년이나 됐어?! (뜨악)

이웃집에 동갑내기 녀석이 있었어.
아침이 되면 우리 집으로 출근했지.

"아주머니, 안녕하세요! 오늘도 지니 만나러 왔어요!"

작은 꼬마의 넉살은
웬만한 어른 오지랖을 넘을 정도였어.

장난감 딱지를 내 손에 쥐여주며
"이것만 있으면 안전할 거야."
"이 딱지가 지니를 지켜줄 거야."

하며 끝까지 날 지키겠다던 아이.

유치원 단체 졸업사진을 찍던 날
죽어도 내 옆에서 찍어야 한다고
울며불며 떼를 쓰기도 했다니까.

녀석이 그러면 그럴수록 더 싫더라.
내 옆에 오는 것도, 내게 잘해주는 것도
그저 귀찮았고, 남들이 볼까 부끄러웠어.

그래! 딱 왕경태 같았어.
그러고 보니 정말 닮았네.

그런데 신기한 건 말이야.
이상하게도 좋아하지 않은 그 아이가
30년이 지난 지금까지도 생각이 나.

'이미 한 가정의 가장이 되었으려나?'
'날 못 잊은 채 독신으로 살고 있나?'

(이런 말도 안 되는 소리)

나를 아주 많이 좋아한 녀석,
이젠 내가 널 좀 그리워 하네.

그때, 널 미워해서 미안해.
그때, 날 아껴줘서 고마워.

열여덟 번째 이야기

정말 놀랐다~

정말이야.
그렇게 사랑을 감동을 줄 수가 없어.

너, 너 말이야.

뭐?

네가 이렇게 감수성이 예민한 줄 정말 몰랐다.
난 아무리 그래도 눈물은 안 나오던데 말이야.

그러니? 내가 너무 감상적이어서 그런 게 아니고?

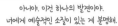
아니야. 이건 하나의 발견이야.
너에게 예술적인 소질이 있는 게 분명해.

그래?

우리 내일은 박자상 교수의 조각전을 보러 갈까? 어때?

조각전? 어디에서 하는데?

대낮에도 끈적이는 감수성

'감수성' 하면 나야, 나!

사계절의 변화 앞에서 더욱 용솟음친다니까.
이번에도 유치할 수 있는데, 한번 들어볼래?

봄에는
형형색색으로 단장한 꽃들을 보며
귀여운 날갯짓을 하는 벌들을 보며

여름에는
온통 파란색 옷을 입은 드넓은 바다를 보며
내 머리숱보다 풍성하게 자란 나무를 보며

가을에는
하늘 도화지 위에 그려진 구름을 보며
힘없이 떨어지는 가냘픈 낙엽을 보며

겨울에는
시커멓게 타들어 간 내 근심과 걱정을
한 방에 날려줄 새하얀 눈을 보며

그때의 감정이 온몸을 감싸며
수십 방울의 눈물을 쏟아내지.

엊그저께는 말이야.
지하철 안에서 '삶'을 떠올리다가
나도 몰래 눈물을 훔쳤지 뭐야.
삶이 힘들어서 그런 건 아니야.

그냥... 지금껏 내가 건너온 시간들
기억으로 담을 수 없는 수많은 일에
별 탈 없이 지나온 게 감사해서야.

앞으로 남은 시간을 걸으면서도
생각하지 않은 벽에 부딪혔을 때
미리 겁내지 말고, 두려워도 말고

'지금껏 잘 건너온 내 삶에 감사행'

지금처럼 그렇게 감당하겠노라고...

때로는 크나큰 이 감성 때문에
상대적으로 작은 이성 때문에
걱정 아닌 걱정을 하기도 했지만
신이 나를 이렇게 만들었으니
아끼고 보듬어주며 살려 해.

손대면 툭 하고 터질 것 같은 감성이
좀 지나친 듯해서 티 안 내려 했는데
이 또한 내가 살아있음을 뜻하니
얼마나 감사한지 모르겠네. (흐뭇)

네가 가진 감성은 어때?

열아홉 번째 이야기

뭔가를 쓰고, 그리고, 만들면서···

다른 사람에게 감동을 주는 예술.

남들은 그런 거로 평생을 바치는데···

오영심! 너는 이 나이가 되도록 뭐 했니!

x

밤낮 공개방송을 쫓아다닌 것밖엔 한 게 없구나.

누가 말했더래.
늦었다고 생각할 때가 가장 빠르다고.

우와~ 멋있다. 그거 E.T 아냐~?

어유~ 그렇게 밖에 안 보이니?
어린애는 정말 어쩔 수 없구나~

늦었다고 생각될 때

10대에 나는 연예인이 좋아서
밤낮을 가리지 않고 따라다녔어.

20대에 나는 원하는 꿈을 잡으려
안 해 본 일이 없을 정도였지.
(덕분에 서른다섯 개의 일을 경험했거든)

내가 남들보다 뭐든 늦다고 여긴 게
고등학교를 졸업하면서부터야.
좌절했고, 우울했고, 또 많이 울었어.

운다고 달라지는 건 아무것도 없더라.
이대로 가다가는 나만 손해지 싶더라.

그리고 더는
사회적 시계 안에 나를 넣지 않았어.
그 안에 있으면 숨만 차오를 뿐이야.

그저 나라는 꽃이
조금 늦게 피어남을 인정하려 했어.

내 옆 사람은 잘하고 있는데
난 왜 여전히 이래야 하냐고?

이런, 처음부터 잘하는 게 더 이상해.
실패라 불리는 실수를 하는 건 당연해.

서른 중반이 된 이 자리,
세상의 잣대로는 나도 할 말이 없어.
가진 거라곤 확신하는 '가야 할 길' 하나

하지만 언제까지 현실을 몰아세울 순 없잖아.
그렇다고 시간이 없다는 핑계만 댈 순 없잖아.
멈추지 않는 후회의 쳇바퀴만 돌릴 순 없잖아.

늦었다고 생각해서 시도조차 안 하려고?
차라리 빨리 포기하는 게 훨씬 낫다고?

거짓말, 너도 다시 일어서고 싶잖아.
누군가 네 길을 응원해주길 바라잖아.

그럼 어서 일어나.
옆 사람 눈치를 볼 필요는 없어.
그가 너의 인생을 살아주지 않아.

진부하게 들릴 수 있겠지만
이거 하나만 더 말하고 싶어.

무조건 널 응원하려는 게 아니야.
머뭇거리는 시간이 아까워서 그래.

한 달 후
일 년 후
십 년 후

또다시 널 건드릴 무언가가
지금 망설이는 그것이라면

포기하지 않았으면 좋겠어.

무엇보다!
하기로 마음먹은 지금이
가장 이른 때란 걸 절대로 잊지 마.

스무 번째 이야기

스스로 고안해 낸 모노드라마의 한 장르를
대담하게 표현함으로써
전위 예술의 극치를 보여줬으며

더 들어보세요 xx중학교 /학년이라는 오 양은

이것은 대학가뿐만 아니라,
전문가들은 우리나라 소극장 운동에
하나의 혁명으로 받아들이고 있다.

아, 저⋯ 가만⋯⋯ 그러니까⋯
우리 영심이가 고안한 그 모노드라마인가 뭔가 한 것을
전문가들이 인정한다 이거냐?

네!

아, 그렇다면 지난번에 퀴즈대회에서 우승한 것도 결코
우연이 아니라는 자부심을 느껴도 되겠구나. 그렇죠, 여보?

125 페이지요~

누구나 달란트는 있어

너는 왜 잘하는 게 많을까?
나는 왜 잘하는 게 없을까?

나도 이걸 해보고 싶은데
머리가 따라주지를 않네.
나도 저걸 해보고 싶은데
몸이 움직일 생각을 않네.

친구의 재능을 부러워한 적은?
그래, 나는 아주 아주 많았어.

공부하는 법을 몰라 성적이 안 좋았고
(정말이야, 매일 독서실에서 살았다고)
타고난 (똥) 손으로 손재주도 없으며
막대기 같은 몸이라 운동도 못 했거든.

'나도 잘하는 게 있을까?'

학창 시절 내내
내 머릿속을 헤엄친 질문이야.
세상은 공평하다고 하는데
도무지 그렇게 보이지 않았어.

그런데 있잖아.
신이 우리를 만들 때 말이야.
생김새뿐 아니라 재능까지도
모두 다른 모습으로 빚으셨대.
(설령 일란성 쌍둥이라고 해도)

누구는 어릴 때부터 재능을 발견해.
그들을 '영재'라고 부르기도 하지.
하지만 누구는 오랜 시간 속에서
'노력'이 빚어낸 재능을 얻기도 해.

나는 여기서 후자를 말하고 싶어.
자신의 달란트라 여기지 못한 것.

관심이 가서 씨앗을 심으니까
사막 한가운데에 싹이 자라듯
기적처럼 고개를 내미는 거지.

누군가를 좋아하는 건 억지로 되지 않아.
사람의 마음은 노력으로만 되는 거 아냐.
네가 찾는 너만의 달란트도 마찬가지고.

아직 모를 수 있으니 실망하지 말고
오늘도 그리고 내일도 널 아껴 봐.
네 안에도 분명 씨앗이 있으니까.

숨은 씨앗이 고갤 내밀 수 있도록
지금의 일에, 만나는 사람에
기쁨의 물을 주는 건 어떨까.

혹시 말이야.
어느 날 씨앗 위로 싹이 나도 놀라지 마.
그 싹이 노란 꽃잎을 드러낸다고 해도

너무 놀라면 안 돼.

그건...
네가 간절히 찾던 달란트니까.

스물한 번째 이야기

130 페이지~

그게 무슨 시시한 소리니, 아침부터.

언니의 오늘 운세야.

양말이 어디갔지?

너!
내 양말 신었지?!!

운세를 이기는 마음

나는 운세나 점을 믿지 않아.
한 시간 후에 일어날 일조차
알 수 없는 게 우리 인생인데
어느 누가 확신할 수 있을까.

누구보다 점괘를 불신하는
우리 엄마 이야기, 들어볼래?

내가 아주 어릴 때 일이야.
삶을 버티기조차 힘겨워하던 엄마는
용하다는 점집을 찾으셨대.

10분도 안 되어 열린 엄마의 점괘...
희망의 끈을 잡으러 간 그곳에서
청천벽력 같은 말을 들으신 거야.

"만약 굿을 하지 않으면
당신 남편은 서른다섯 살에

이생을 마감하게 될 거야."

굿을 하려면 요즘 물가로
1억은 충분히 넘고도 남았지.

한 풀의 기대를 안은 엄마는
한 톤의 무게를 안고 오셨대.

당시 엄마 마음이 어땠을까?
반 호기심으로 봤다고 하지만
한해 한해 마음이 불안하셨겠지.
아빠가 서른다섯이 되던 해에는
걱정과 근심이 최고조였을 테고.

하지만 엄마는 그 이야기를 듣고
오히려 좋은 생각만 하셨대.
점괘로 자신의 감정을 죽이지 않고
그럴수록 현실에 맞서 꿋꿋하게 사셨대.

아빠가 서른다섯이 되던 해에
결국, 우리 집은...

아무런 일도 일어나지 않았어.
오히려 아빠 사업이 더 잘되어
넓은 집으로 이사했다는 것!

만약 당시에 굿판을 벌였다면
굿으로 액운을 씻었다고 했겠지.

이미 시작된 오늘도
곧 다가올 내일까지도
우리는 예측할 수 없어.

당장 안개가 눈앞을 막는다고 해도
낙심의 안경을 쓸 필요는 없는 거야.

네 인생에 '오늘'이란 도화지 위에
어떤 그림이 그려질지는 몰라도

기대와 감사로 최선을 다해 살아낼 때
신은 반드시 네편이 돼줄 거야.
예쁜 물감으로 네 삶을 그려줄 거야.

기억해!
지금 품고 있는 생각이
지금 담고 있는 마음이
행운과 악운을 결정할 테니.

스물두 번째 이야기

어?! 그게··· 사··· 사실은 말이야.
여학생 방석을 깔고 앉아서 공부하면 합격한다고 해서···

아이고, 기가 막혀!

그래서 합격하면 대학 못 가는 사람은 한 명도 없겠다!

헤헤헤···

너를 만난 건 행운이야

정성이나 마음 씀씀이가
더없이 정성스럽고 지극하다.
'간절하다'라는 사전적 뜻이래.

어떤 일에 간절한 적 있어?
간절했기에 나는 '이렇게까지' 해봤다.
라고 말할 수 있는 것, 있니?

좀 더 심하게 말하면, 가족에게
"너 미쳤구나!"라고 들은 적은?

무언가에 간절해지면 말이지.
평소 내 모습이 사라지게 돼.
안 좋은 습관이 정리되면서
자기계발서에서 말하는 것을
나도 모르게 따르고 있더라고.
누가 시킨 일도 아닌데 말이야.

지구력, 인내, 끈기.

이 세 단어와 나 사이는
마라톤 42.195km보다 길었어.
가까이하기엔 먼 당신이었지.

의자에 한 번 앉아 있으면
한 시간도 버티지 못한 채
자리에서 일어나곤 했거든.

내가 만약 의자에서 두 시간을 버티면
그건 '개천에서 용이 난' 것과 같았어.

도전은 늘 새롭고 즐거웠지만
'한 발짝', 딱 거기까지였거든.
힘들다고 여기는 순간이 오면
미련 없이 돌아섰어.

서른다섯 번의 돌아섬 끝에...

내 나이 서른넷의 가을이 왔고
과거의 나는 흔적없이 사라졌어.

내 소명인 '글'을 만나고부터
하루 열 시간이 넘는 시간을
오롯이 책상 앞에서 지냈거든.
(사색하는 시간까지 포함이야)

돈을 좇아서 했던 일들과 비교하면
오히려 내 재정은 더욱 빨간불인데

나의 마음이, 심장이, 가슴이
행복해하고, 간절히 원하니까
자연스레 인내가 날 찾아왔어.

심지어 밥을 먹는 시간이 아까워서
컴퓨터 모니터 앞에서 글을 쓰며
끼니를 해결한 적도 적지 않았어.

동네에 사는 지인들이 잠깐 만나자고 할 때도

그 시간이 아깝다 여겨 거절한 적도 여러 번.
꼭 그렇게까지 해야 했냐고?
응, 그래. 난 아주 간절했거든.
(물론 지금도 변함없어^^)

누군가를 좋아하는 게 억지로 안 되지?
'간절함' 역시 누가 시킨다고 되지 않아.
마음속에 운명적 노크가 울려야만 하니까.

잘하고 싶고, 잘해야만 하는 일
내게는 그 길이 글쓰기였거든.

낮에는 회사에서 일하고
출퇴근 길에는 독서하고
밤에는 글 쓰는 지금이
내게는 너무나 감사해...

'간절함'

너를 만난 건 정말 행운이야.

스물세 번째 이야기

쯧쯧쯧··· 아깝다 아까워.

뭐가요, 할아버지?

학생 관상! 상정, 중정, 하정은 모두 좋은데
말년이 비참하겠구나.

인복이 적으니, 재물 복도 적구나.
임자를 잘 만나야 하겠는데 그 또한 쉽지 않구나.

할아버지가 그걸 어떻게 아세요?

학교에서는 친구와 한바탕 싸움을 벌였겠다.

학생 나이는 열네 살, 이름은 오영심.

할아버지! 할아버지 정말 도사인가 보다!
저와 결혼하게 될 남자는 어떤 남자인데요?

얼굴이 못생기고 키도 160cm가 채 안 되는 남자.
늘 생계 걱정하는 사람. 안 그러면 네 명이 짧아지게 돼.

할아버지···
제 운명에서 벗어날 방법은 없나요?

운명이란 누구도 바꾸기가 어려운 거야.

모두 널 위한 운명

'운명'하면 가장 먼저 뭐가 떠올라?
사랑? 일? 인간관계?

난, 사랑.

사춘기가 되면서
운명적 사랑을 꿈꿨어.

나의 반쪽은 과연 누굴까?
어떤 모습의 왕자님일까?
그는 어느 계절을 좋아하고,
선호하는 영화 장르는 무엇이며
어떤 분야의 책을 즐겨 읽을까?

무엇보다,
나와는 어떻게 만날까...?

책상 앞에 앉으면

하라는 공부는 안 하고
연필로 머리카락을 비비 꼬며
낭만적인 상상을 펼쳤지 뭐야.
삼류 소설을 끄적이며 말이지.

77억이 훌쩍 넘는 이 지구에
나만의 사람을 만난다는 것은
운명이 아니고서야 설명 불가야.

우리는 종종
'하늘이 맺은 인연'이라며
운명을 정의하곤 해.

하늘만이 아는 나의 왕자님을 놓칠세라
상대가 누구든 나를 스쳐 지나가기만 해도
허투루 보려 하지 않았어, 매의 눈을 뜨고서!

'혹시, 이 아이가 나의 운명?'
'아, 아니구나... 그렇다면 쟤?'

'아, 쟤도 아니야. 그럼 누구지?'

그런데 말이지.
마음과 정신을 이성에 둘수록
애꿎은 시간만 흐르더라고.

시간은 야속하게도 20대를 넘어
30대로 나를 데려다 놓더라.

그러다 서른셋이었을 거야.
문뜩 이런 생각이 들었어.
어차피 날 찾을 운명이라면
온 힘을 쓸 필요는 없다고.

그리고는,
신에게 모든 걸 맡기기로 했어.
나는 그저 소명을 찾기로 했지.
내가 가야 할 길 위에 서기로,
내가 해야 할 일에 집중하기로!

그렇게 일 년을 지내다가
지금의 왕자님을 만난 거야.

만날 사람은 만난다고 하지?
그렇다면 걱정할 필요는 없어.
반드시 '너의 시간'에 만날 테니.
그때야말로 가장 완벽할 테니.

그리고 제발, 걱정하지 마.

'원치 않는 사람을 짝으로 주시면 어쩌지?'

신은 누구보다 너를 잘 알고
네 행복을 최우선으로 생각해.
동화 속 왕자님은 아닐 수 있지만
네게 최선인 것만은 분명해.

그러니까 괜한 걱정하지 말고.
기도하고 기대하며 기다리자.

스물네 번째 이야기

엄마, 근데 왜 나는 키가 작죠?

아직 나이가 어리니까 그렇지.

우리 반에서 셋째로 작단 말이에요.

너희 외가를 봐라.
외삼촌들 모두 크잖니. 너도 머 자랄 거야.

148 페이지~

마음이 자라게 해주세요

초등학교 1학년 입학식 날
나는 전교 1등이었어.
키가 가장 작은 순서로 말이지.

내 키가 얼마나 작았으면
책가방이 바닥에 닿을 듯해서
엄마가 들어줘야 했다니까.

중학교 2학년 때까지
키순으로 10번대를 면치 못한 내가
중학교 3학년이 되던 해에
자그마치 13㎝나 자랐어!

어느새 키 큰 친구들과 어울리며
수학여행 관광버스 맨 뒷자리를
차지하는 일까지 벌어지고야 만 거야.

무슨 특별한 비결이 있냐고?

우유를 하루 한 잔 이상 마셨어.
먹기 싫은 콩밥도 남기지 않았고.
키가 자라기 위한 노력을 한 거야.

그럼, 마음이 자라려면?
어떤 노력을 해야 할까?

상상할수록 기분 좋은 생각하기
상대에게 예쁜 말로 다가가기
내가 받고 싶은 대접을 상대에게 해주기
당연하게 여기는 작은 일에도 감사하기

말만 들어도
미소가 절로 나오지 않아?
없던 보조개가 막 생기고 그래?

그럼 반대로
멀리해야 할 두 가지가 있어.
어쩌면 이게 더 중요해.

'남과 비교하기'
'나를 미워하기'

이 둘은 마음을 자라지 못하게 할 거야.
그러니 너와 영원히 작별해도 좋아.

마음 밭에 심어놓은 선한 씨앗이
쑥쑥 자라날 수 있게 기회를 줘.

나와 타인을 비교할 때마다
나를 탓하며 미워할 때마다
마음은 더더욱 움츠릴 거야.

아, 그리고 잊지 마.
마음이 성장하는 건
나이를 가리지 않아.

지금 내 나이가 몇 살이든

마음 판은 계속 자랄 거야.
그러니 문을 활짝 열어두길.

마음이 원하는 생각을 심을수록
마음이 원하는 행동을 그릴수록
진하고 넉넉한 우리가 될 테니까.

스물다섯 번째 이야기

그 책 다 읽었니?

난 말이야, '사막이 아름다운 건, 그 속에 보이지 않는 물이 있기 때문이다.' 라는 구절이 제일 좋아.

너처럼 키가 큰 사람과 키가 작은 사람으로 구분하는 것은 좋지 않다고 생각해.

성실한 사람과 성실치 못한 사람만으로 구분되어야 한다고 생각해.

하지만 키도 크고, 행동도 성실하다면 더욱 멋있지 않겠니?

나폴레옹, 피카소, 바그너, 모차르트
그 사람들이 그렇게 모두가 큰 줄 알고 있냐?!

사람은! 삶의 내용으로 평가되어야 하는 거야!

하하하,
어디서 그렇게 짜몽만
줄줄이 사랑으로 외웠니?

짜몽이라니?

하하하, 짜리몽땅!

이······

진정한 아름다움은 눈에 보이지 않아

"중요한 것은 눈에 보이지 않아요.
사막이 아름다운 건
어딘가에 우물을 감추고 있기 때문이에요.
별이 아름다운 건
보이지 않는 꽃이 있기 때문이에요.
꽃이 아름다운 건
우리가 정성을 들인 시간이 아깝기 때문이에요."

지금까지도 많은 독자의 사랑을 받는
생텍쥐페리의 <어린 왕자>에서 발췌한 글이야.

외모 가꾸기는 잘못이 아니야.
자기 관리는 멋진 일이니까.
하지만 무엇이든 정도를 지나치면
화를 불러일으키게 마련이잖아.
더는 말 안 해도 알 거라 믿어!

3초 만에 그 사람이 '좋다, 싫다'로

판단될 만큼 첫인상이 중요하긴 해.
하지만 외모로 평가될 수는 없잖아.

뉴스로 사건, 사고를 접하게 되면
'인성(人性)'이 얼마나 중요한지 느껴.
마음으로 강하게 와닿는 요즘이야.

소개팅에 나가면 상대의 외모가
가장 먼저 눈에 들어오지, 당연해.
첫눈에 내 스타일이 아니면
이야기를 이어가고 싶지 않을 거야

상대가 어떠한 가치관을 지녔는지
지금까지 어떻게 살아왔는지는
크게 알고 싶지도 궁금하지 않아.
이미 내 스타일이 아니니까.
(지금 뜨끔한 사람 있지? 괜찮아, 난 더했어)

내 나이 서른 즈음이 됐을 때인가 봐.

외모보다는 그 안의 것이 보이더라.
상대의 내면에 귀 기울이게 되더라고.

그에게서 나오는 선한 향기를 맡을 때
내게도 기분 좋은 전염이 되면서 말이야.

특히 이성을 볼 때 기억해줘.
겉보다는 속에 집중할 것을.
내면에 코끝을 가져다 댈 때
선한 향기가 뿜어지는 사람.
이런 사람은 절대 놓치지 마.

마음의 눈으로 세상을 보면
모든 것이 아름다워 보이듯
마음의 눈으로 상대를 보면
더 멋지고, 예쁘게 보일 거야.

눈앞에 보이는 대로가 아닌,
그 안에 숨겨져 있는 '그것'

아무도 눈치채지 못한 그것을
오직 너만이 알아보길 바랄게.

신이 꼭꼭 숨겨놓은 보석을
유일하게 찾아내는 사람,
그게 너이길 바랄게.

"난 당신이 최고로 멋진 여자란 걸 유일하게 알고 있는 남자예요. 아무리 사소한 경우라고 해도 당신이 얼마나 놀라운지 느꼈고, 극진한 모정도 잘 알아요. 당신의 모든 생각과 얘기에는 깊은 뜻이 담겨있는데 항상 솔직하고 감동적인 거였어요. 남들은 그걸 인식하지 못해요. 당신이 음식을 나르거나 식탁을 치울 때면 남들은 당신의 참모습을 놓쳐도 나는 당신이 훌륭한 여성인 걸 알기에 언제나 흐뭇했어요."

_ 영화 〈이보다 더 좋을 순 없다〉 中

스물여섯 번째 이야기

ㅇㅇㅇ··· 그럴 리가 없어, 절대로 그럴 리가 없어.
내 미래의 왕자님이 경태라니.

뭐라고?
그럼 거울에 비친 건 실제로 경태가 들어온 거야?

으, 내가 절대로 들어가서는 안 된다고 했는데···

그··· 그럼··· 경태가 미래에···?

음···
숙제하는 거 도와주겠다며
억지로 들어왔어···

영심아, 대체 무슨 짓이야?

몰라도 돼!
흥!

미래가 궁금하니?

미래를 알 수 없기에
하루하루 기대가 되고
신이 나는 것 아닐까?

내 모습을 가만히 들여다보면
참 신기하고 놀라워.

사람들에게 선한 향기를 전하려
세 권의 책까지 쓰게 될 줄은
정말 꿈에도 몰랐거든.

공부를 못한 게 자랑은 아니지만
학창시절 얘기를 빼놓을 수 없네.

시험 성적이 발표될 때마다
쥐구멍이 있으면 숨고 싶었어.
같은 선생님에게 같은 수업을 듣는데
내 점수는 왜 이리 작고 낮은 건지.

물론 중국어를 포함한 두세 과목은
성적이 매우(강조 좀 할게) 좋았지만.

다행(?)스럽게도 성적이 나쁘다고 해서
해마다 싫은 소리를 들은 건 아니야.
생각해보면 이 또한 감사하지 뭐야.

만약 그 시절 누군가 내게

"너는 성적이 안 좋으니 네 미래도 불행할 거야."
"그 성적으로는 행복한 미래를 기대할 수 없어."
"행복은 성적순인데, 너는 어떡하냐…"

라는 말을 했다면 어땠을까.
또 그 말을 철석같이 믿었다면?

무엇을 하든, 어디를 가든
소용없다고 여겼겠지.

'꿈'과 '희망'이라는 단어는
이미 굳어진 오랜 화석처럼
의미 없이 둥둥 떠다니겠지.

생각만 해도 무섭지 않아?
절망의 끝, 상상하기도 싫다.

이 땅에 태어난 자체가 기적인데
우린 그 수많은 '기적' 중 하나인데
착하고 따스한 기대를 품으며 살자.
미래가 궁금할수록 현실에 집중하자.

지금 내가 하는 생각
지금 내가 하는 행동

결국 지금의 내 모습이
미래로 날 데려다 놓을 테니까.

그러니까 이제 경태가 미워졌다 이거니?

응... 무슨 좋은 방법이 없을까?

글쎄다...
어! 경태에게 다른 친구를 사귀게 해주면 어떻겠니?

경태는 오로지 나밖에 모르는걸

그래?

쉽지 않을 거야.
경태한테는 내가 생명이나 다름없고, 또... 저...

혹시, 너도 좋아하는 거 아니니?

어머머, 별일이다!
그렇다면 이렇게 의논하러 왔겠어?

말하는 투가 마치 그런 눈치 같은데, 뭘.

아니야, 정말이야.

강한 부정은 뭐다?

내가 상대에게 관심이 있는지 없는지
나조차도 궁금하다고? 알고 싶다고?
좋아! 여기 아주 간단한 방법이 있어.

나 아닌 다른 이성과 꽁냥하는 모습!
그 장면을 떠올리며 심장에 손을 대 봐.

호수에 잔잔한 물결이 일 듯
그저 작은 움직임이라면,
혹은 새 한 마리 날지 않는
고요한 숲속 어딘가와 같다면
그에 대한 마음이 작거나 없다는 거겠지.

이미 알겠지만 난 내 반쪽을 만났어.
회사 일에, 원고 작업에, 결혼 준비에
몸이 두 개라도 모자란 하루하루를 보내.

몇 주 전에는 스튜디오 촬영까지 끝냈어.

기진맥진한 채로 침대에 드러누웠지.
그리곤 언니와 형부가 찍어준 사진을 보는데...
기분이 묘하고 신기하더라.

남편이 될 사람은 나와 동갑내기 친구야.
물론 서른이 훌쩍 넘어 알게 된 사이라
코흘리개 어릴 적 감정은 아니었어.
물론 친구 이상의 감정도 아니었고.

동성을 대하는 것처럼 편한 그였는데...
정확히 언제라고는 말할 수 없지만
이상하게 그가 불편해지기 시작하더라.

화장도 잘 안 하고 수수한 차림의 난데
언제부터인가 그 아이를 보는 날이면
머리부터 발끝까지 신경이 쓰이더라.

'나, 미쳤나 봐. 왜 이러지?'

한 귀로 듣고 한 귀로 흘려듣던
그 아이가 전하는 일상 이야기가
어느새 내 삶과 연관을 짓는 경지까지!

친구들은 일찌감치
우리의 미래를 예감했는지

"너랑 P는 정말 잘 어울려!"
"너희 연인 같은데?"

라는 말을 흩뿌리고는 했어.
웃음기 쏙 빼고 정색한 건 나뿐.

그런 내가 어느새 그 아이의 눈을 보며
함께 그려갈 미래를 이야기하고 있어.

정말, 사람 일은 알 수 없나 봐.
강한 부정은 강한 긍정이라더니
내가 딱 그 말의 표본이 된 거야.

난 지금 너무 감사해, 행복해.
내게도 이런 날이 오다니!

그의 친절함을 끝내 모른 척했다면
그의 자상함을 그저 뒤로 넘겼다면
아이고, 생각하기도 싫다.

강한 부정이 강한 긍정이 되어서
얼마나 다행인지 몰라.

그렇다면 너도 혹시...
강한 부정을 쏟는 '그 사람'이 있니?

그런데 왜 만나자고 했니? 난 경태하고...

바로 그 경태 때문이야.

음? 나 경태하고 연극 구경 가기로 약속했어.

연극 구경을 가기로 했다고? 저··· 사실은 있잖아. 경태가 공부를 잘한다는 것, 태권도를 잘한다는 것, 마음이 넓다는 것 모두 거짓말이었어.

그러니?

그런 얘길 왜 지금 하니?

그땐 꼭 너와 경태를 만나게 해주고 싶었거든.

뭐? 그런데?

그런데 아무래도 양심의 가책을 느껴... 경태는 나쁜 애야. 마음도 넓지 않고, 공부도 못하고...

난 그래도 경태가 좋아.

그런 애가 너와 친하게 지내는 걸 보고만 있을 수는 없단 말이야.

뭐라고? 그래도 경태가 좋다고? 하나야! 널 위해서 진실을 말하는 거야. 그렇지 않으면 후회하게 돼.

싫어! 난 다 알아. 내가 경태와 친하게 지내니까 샘나서 그러는 거지, 너?

누군가의 '잘됨'에 대하여

질투...

넌 대체 누굴 보고 있는 거야
내가 지금 여기 눈앞에 서 있는데

라는 옛 노래 가사가 떠오르네.
(이 노래 아는 사람은 레알 영심이 세대!)

사랑하는 남녀 사이에서
다른 이성에게 관심을 둘 때
질투를 느끼기도 하지만

다른 사람의 일이 잘 풀리거나
좋은 상황에 있는 것 따위에
괜히 미워하고 시기하기도 하지.

어쩌면 '질투'라는 녀석은
우리가 태어날 때부터

삶을 마치는 그날까지
여러 모습으로 주위를 맴도는 것 같아.

특히나 상대의 잘됨에 시기하는 것은
지금 내 형편을 더욱 비참해하거나
긍정의 생각이 오지 못하게 막기도 해.

뭐 하나 딱히 내세울 것 없는 나와는 달리,
승승장구하는 엄친딸의 이야기를 들었어.
내게 그녀의 소식을 전하는 엄마가 밉더라.
듣는 것만으로도 나를 작게 만들었으니까.

다행히도 뒤에는 이 말을 붙이셨지만.
"우리 지니도 잘할 거야!
아직 네 때가 안 와서 그렇지…"

그런데 어느 순간부터 말야.
누군가의 '잘됨'에 대한 생각이 바뀌더라.

지금의 모습을 만들어내기까지
얼마나 많은 눈물과 땀을 쏟았는지,
포기하고 싶은 순간이 올 때마다
자신과 싸움을 얼마나 이겨냈는지.

보이지 않는 시간 속에
꾹꾹 담은 그녀의 노력을
난 보려 하지 않았던 거야.

우리, 건강한 질투를 하자!

"위대한 인재는 재능이 있는 사람이 아니라,
꾸준한 사람이라고 했지!
나 역시 절대로 포기하지 않겠어!"

스물아홉 번째 이야기

리격

래격

동작 그만!

새해 계획을 세우라고 했더니 겨우 이거냐?
한 살씩 더 먹었으면 뭔가 달라져야지.

자고로 형제간에는 우애가 있어야 하는 거야.

그래야 집안에 평화가 깃들고,
나아가서는 국가 발전에··· 국가 발전에···

178 페이지~

하여간 정신 차려!

잘못했어요, 아빠.

아빠 말씀이 맞아.
뭔가 달라져야 해. 왜냐하면,
그만큼 더 어른이 됐으니까.

어른에게는 어른다운 생각과
어른다운 말, 어른다운 행동이 필요해.
그리고 거기에 걸맞은 남자친구!

이런 어른이 될래요

매년 1월 1일이 오면
'한 살'이란 녀석이 날 찾아와.

그러고 보니 세월에는 다이어트가 없네.
조금씩 먹고 싶다고 해도, 굶고 싶어도
일 년에 무조건 한 살씩은 섭취해야 하니까.

그런데 참 이상하지...

열아홉에서 스무 살이 되던 해에는
멋쩍은 느낌이 스치긴 했지만
슬프거나 우울하지 않았는데,
스물아홉에서 서른으로 갈 때는,
영혼이 거부하는 느낌을 받았어...

'나의 서른은 어떤 모습일까?'
'어떻게 서른을 준비해야 할까?'

만 스무 살이 되면
꽃과 향수를 건네며
어른 됨을 축하하지만
서른으로 가는 문턱이야말로
'진짜 어른'이라 생각했기에
부담으로 와닿았나 봐.

솔직히 말하자면 내 마음은 여전히
동네 오락실에서 500원짜리 동전을 넣고
음악에 맞춰 신나게 DDR을 하는 소녀야.

이제 막 고갤 내미는 봄꽃 위로
아직은 차가운 봄비가 흩날릴 때
자연에 감동하고픈 그런 소녀야.

퇴근 후 동네 작은 포장마차에 들러
새빨간 떡볶이를 한 접시 앞에 두고
오늘도 무사함에 감사하고픈 소녀야.

서른 중반을 살아내고 있는 지금
어른이 아닌 '어른이'로 살고 있네.

유혹에도 흔들리지 않는다는
'불혹(不惑)'이 남의 집 이야기 같은데
눈만 몇 번 깜빡이면 곧 나의 일이 돼.

'어른다움'

음…
내가 생각하는 어른은 이래.

너와 내가 '틀리다'가 아닌,
우린 조금 '다르다'라고 인정하는 사람.

수많은 실패에도 낙담하지 않고
그 안에서 '배움'을 건지는 사람.

고난과 시련을 만났을 때

되려 '성숙'을 얻는다 여기는 사람.

그리고,

한 해 한 해 시간을 먹을수록
생각과 마음이 익어가는 사람.

나도, 이런 어른이 되고 싶어.

서른 번째 이야기

영심아! 학교 가자!

야! 너 내가 한 말은 잊었니?
다시는 나타나지 말라고 했잖아!

영심아! 잠깐만··· 너, 내가 싫어진 거니?

야, 내가 언제 너를 좋아했니?

그럼, 내가 왜 싫은데?

한마디로 매력 없어.
첫째, 작고 못생겼어.

그건 너도 마찬가지잖아.

바로 그 점이야! 넌 여자 마음을 몰라.
즉, 정신연령이 낮고, 무엇보다도 박력이 없어!

다시 말할게!
넌 키도 크고, 아주 예뻐.

우리는 모두 빛나는 존재야

누군가 그랬지.
상대에게 잘 보이려 쓴 가면은
언젠가는 벗겨지기 마련이라고.

지금껏 나는 열 번 정도의 소개팅을 했어.
그 가운데 교제로 이어진 상대도 있지만
대부분은 딱 한두 번 만남으로 끝났어.

친구들이 그러더라.

"넌 소개팅 자리에서도 너무 솔직해, 맞지?"
"제발 그런 자리에 개인기는 삼가란 말야!"

부담 없는 애교를 부리며
다소곳한 여우의 모습도 필요한데,
10분을 견디지 못하고
이내 내 모습으로 돌아오는 게 문제래.

내가 너무 솔직하다는 거야.
아니, 정확히 말하면 내숭이 없대.

보편적으로 남자들이 좋아하는
이성의 매력이 보이지 않았던 거지.
생각할수록 서러워 혼자 울기도 했어.

'난 매력이 없나 봐.'

나사에 힘 빠지는 날이 계속되던 어느 날
문뜩 이런 생각이 마음 안에 들어오더라.

'세상에 매력이 없는 사람은
단 한 사람도 없어...'

맞아, 신이 우리를 만들 때
매력을 하나씩 넣어주셨어.
쉽게 눈에 띄는 사람도 있지만
안에 담긴 사람도 있는 거야.

나를 거절한 그들이 있는 건 당연해.
나 역시 상대에게 매력을 느끼지 못해
인연으로 이어지기를 거부했으니까.

단점이라고 여긴 내 모습이
어느 누군가에는 두 눈에 하트를
쏘아 올리게 만들고 싶을지 몰라.

털털하고, 솔직한 나.
때론 칠칠찮아 보여도
치명적인(?) 매력으로 다가올 테지.

난 그런 내 모습을 알아봐 줄
단 한 사람을 기대하며 기다렸어.

설령 상대에게 모진 말을 들었다고 해도
낙담할 필요는 없어.
지금 아무도 널 좋아하지 않는다 해도
실망할 필요도 없어.

잘 생각해 봐!
두 명도 아닌, 단 한 명이면 돼.

너란 보물을 알아봐 줄
단 한 사람이면 충분해.
그러니 너무 조급해하지도
미리 걱정할 필요도 없는 거야.

억지로 쓴 가면은
언젠가 벗겨지기 마련이니
있는 그대로의 너를 안아줄
그런 사람을 만났으면 좋겠어.

너는 누구보다
빛나는 존재니까.

서른한 번째 이야기

별님, 우습죠?

별님이 보기엔
아무것도 아닌 것으로 보였겠지만,

저는 얼마나 조마조마했다고요.

제가 너무 옹졸했나 봐요.

알고 보면 경태보다 좋은 친구도 없어요.

앞으로는 욕심부리지 않고,
부모님 말씀 잘 듣고,

경태와도 사이좋게 지낼게요..

별님, 약속해요.

마음껏 사랑하기

좋은 사람을 놓치는 일이야말로
너무나 안타까운 일이지.
특히나 운명이라 생각한 사람과
연관됐다면 두말할 나위 없고.

대학교 때 교제한 사람이 생각나네.
우리는 꽤 긴 시간을 함께했어.

"지니야, 네가 먼저 꺼내지 않는 한
네 남자친구와 이별할 일은 없을 것 같아."

나를 알고, 그 사람을 잘 아는 사람들은
하나 같이 위와 같은 말을 했어.
상대가 먼저 이별을 내밀 일은 없다는 거지.
물론 나도 그렇게 믿고 있었고.

열 길 물속은 알아도
한 길 사람 속은 모른다고 하지?

매일같이 평온한 흐름이 이어지던 때
꿈에도 상상하지 못한 순간을 만났어.
그것도 그 사람의 입으로 말이야...

어떻게든 마음을 돌리고 싶었어.
전화기 너머로 하염없이 울었고
매일 눈물로 쓴 이메일을 보냈지.
하지만 그의 마음은 얼음보다
더 차갑게 굳어있더라, 무섭게도...

지칠 때로 지친 나는
더는 그를 잡지 않았어.
내가 여기는 '최선'을 다했기에
더 이상의 후회가 없다고 여겼거든.

그리고 1년 후,
그에게 연락이 왔어.

"너처럼 좋은 사람을 내 손으로 놓아버리다니…"
"너를 놓친 건 내게 가장 큰 후회로 남을 거야."

그의 가족에게까지 연락이 왔지만
이미 내게는 단 한 장의 미련도
남아있질 않았어. 미안하게도…

나 역시 좋은 사람을 놓친 적이 있어.
그래서, 더는 후회하지 않으려고
지금 내 곁에 있는 사람을
온 마음을 다해 사랑하고 있어.

네 옆에 있는 그 사람
정말 좋은 사람이라고 생각해.
그러니 따스하게 감싸줘.
진심을 담아 아껴줘.

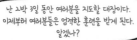

난 2박 3일 동안 여러분을 지도할 대장이다.
이제부터 여러분들은 엄격한 훈련을 받게 된다.
알겠나?

네〉ㅇㅇ

소리가 작다!

네!!!!

196 페이지~

하기는 싫지만 견뎌야 하는 일

어릴 때를 떠올리면
하지 말란 게 뭐가 그리도 많은지...
그럴수록 더 하고 싶게 말이야.

우리 엄마는 다른 건 몰라도
만화책 보는 걸 반대하셨어.
공부할 시간을 뺏는다는 게 이유였지.

근데, 하지 말라고 하는 일은
왜 더 하고 싶을까?
(나만 그런 거 아니지?)

중학교 1학년 때부터 순정 문화에 푹 빠진 나는
늦은 밤, 작은 등불에 의지한 채
만화 속 왕자님과 만났어.
행여나 엄마가 들어오실까 봐
심장이 얼마나 쫄깃했는지 몰라.

이은혜, 이미라, 황미나 작가 등이 그려낸 왕자님은
내 삶의 기쁨이 되기에 충분했어.

다행스럽게도 나의 동지인 우리 언니와
서로가 빌린 만화책을 바꿔 읽어가며
돈독한 자매애를 쌓았지.

그런데 있잖아.
꿈으로 가는 길은 달라.
혹시 이런 말 들은 적 있어?

'하고 싶지 않은 일을 해야만
하고 싶은 일을 만날 수 있다.'

헤어디자이너가 되고 싶은 사람에게
처음부터 고객을 맡기지 않잖아.
바닥에 떨어진 머리카락을 쓸어내는 일을 하지.

멋진 배우가 되고 싶은 사람에게

처음부터 주인공 역을 맡기는 경우도 드물어.
TV 화면을 제대로 보지 않으면
못 알아챌 정도의 단역부터 시작하지.

이 과정을 피하려 한다면
원하는 길, 가야만 하는 길을 걷긴 힘들 거야.
만약 그 길로 들어섰다고 해도
오래가기는 어렵겠지.

왜냐고?

조금만 힘들어도 그만하겠다고 할 테니까.
어떻게 해서 거기까지 갔는지
그 여정에 고마움을 모를 테니까.
얼만큼의 눈물로 쌓아 올린 길인지
알 턱이 만무할 테니까.

눈앞에 놓인 일을 그만하고 싶니?
재미도 없고, 힘들기만 해?

그런데 있잖아.
머리로는 당장이라도 손 놓고 싶은데
네 가슴이 "조금만 더 참아"
라며 말한다면 그렇게 해줘.

그 길 끝이 '네 길'이라면,
정말로 가야 하는 길이라면
신이 네게 이길 힘까지 주셨을 테니
멋지게 이겨냈으면 해.

'피할 수 없다면 즐겨라', 이 말 알지?
즐길 수 없다면, 적어도 견디자.
네 수고가 널 보상할 거야.
반드시!

서른 세번째 이야기

내일은 마지막으로 야간 담력 훈련을 한다.
두 명씩 조를 이뤄서
저 산꼭대기까지 올라가는 것이다.

같은 조가 될 사람을 부르겠다.
구월숙, 김문환! 임유진, 장명숙! 동택순, 방덕모!

뭐가?

너는 어떻게 생각하니?

내가 너하고 한 조가 될 것 같지 않니?

뭐⋯ 뭐라고!

말하는 대로

너 말이야.

평소에 어떤 일을 두고 이야기할 때
"안 될 것 같아."라고 해, 아니면
"그럼에도 될 것 같은데!"라고 해?

이건 살짝 자랑인데 말이야.
내 별명이 왜 자칭 '선한또라이'인 줄 아니?

내가 말의 힘을 알게 된 이후로
"안 될 거야."라고 생각한 적이 없어.
좀 더 정확히 말하면
불가능한 생각이 들어와도
입으로 뱉는 건 "된다!"거든.

그게 어느 정도냐면,
과학적으로, 이론적으로
정말 말도 안 될 거라 여기는 일에

"될 수도 있지!"라고 말하는 거야.

그리고 틈날 때마다 중얼거려.
머릿속으로만 상상하지 않고
이미 그렇게 이뤄졌다고 믿고
과거형으로 기도를 하는 거지.

옆에서 내 기도를 듣게 된다면
'돌+I'라며 혀를 둘러댈지도 몰라.

그래도 난 좋아.
이렇게 기도할 수 있어서 감사하고 행복해.
지금까지도 그래왔고, 앞으로도 그럴 거야.

물론 말처럼 안 될 때도있지만
내뱉은 말 덕분에 다시 일어설 힘을 얻어.
그게 무엇이든, 어떠한 일이든
말한 대로 이뤄지는 마법을 아는 경태를 칭찬해.

혹시 하는 일마다 엉키고,
스트레스는 정상 궤도를 이탈했니?
그렇다면 요즘 네가 하는 말을 떠올려 봐.

"힘들어 죽겠어."
"귀찮아 죽겠어."
"난 왜 되는 일이 없지?"
"그런 거 해서 뭐 해?"

네 입에서 뱉어내는 말들이
온통 불평, 불만은 아닌지

기억해, 너의 삶은
네가 말하는 대로야.

 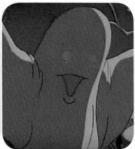 

으아~~~~

영심아, 정신 차려!

영심아, 나 경태야.

경태야! 무서워...

헉!

내가 뭐라고 했어.
너 혼자 가면 위험하다고 했잖아.
내 말을 듣지 않으니까 이렇게 고생만 하고,
발도 삐게 되었잖아.

조용히 해.
남은 아파죽겠는데 훈계나 하고 앉아있어, 정말.

다 널 위한 소리

신기하고도 놀라운 사실 하나 알려줄게.

너와 친구 사이일 때는
네가 어디를 가든 누구를 만나든
무엇을 먹든 궁금하지 않았거든?

그런데 마치 가위로 종이를 자르듯
우정에서 사랑으로 바뀌는 순간부터
네 모든 게 내 눈에 밟히는 거 있지.

길 위를 걸을 때는
절대로 휴대전화 보지 마.
특히 계단 위는 가장 위험하니 안 돼.
운전 도중에 전화나 메시지가 와도
도도해도 좋으니 제발 모른 척해줘.

아무리 더운 여름이라고 해도
너무 차가운 물은 피해줘.

몸속으로 찬 게 들어가면
기침이 나올 수 있으니까.

너무 맵거나 짠 음식은 멀리해.
지금은 티가 안 나도 훗날 나이가 들면
몸에서 안 좋은 신호가 올지 모르니까.

우유는 매일 마셨으면 좋겠어.
견과류나 치즈 등도 곁들어서 말이야.

아이유 노래 '잔소리'에 나오는 가사처럼
하나부터 열까지 다 널 위한 소리잖아.
네가 싫다 해도 안 할 수 없는 얘기잖아.

널 좋아하니까 신경이 쓰이고
신경이 쓰이니까 걱정되는 거잖아.

이런 내 마음, 알겠니?

우리는 모두 영심이였기에…

〈영심이, 널 안아줄게〉